D1937674

SPRACHE 94, 9
DONAU 58

Hedi Frimberger-Mörtl

»Boarisch g'redt«

Herzlichst
Hedi Frimberger
26. 9. 98
Krems / Rathaus

Hedi Frimberger-Mörtl

Boarisch g'redt

Mundartgedichte aus dem

Passauer Raum

mit Illustrationen der

Autorin

Neue Presse Verlags-GmbH, Passau

ISBN 3-924484-67-8

1. Auflage 1987: Druckerei Fuchs, Berchtesgaden

2. erweiterte Auflage 1993:
© Neue Presse Verlags-GmbH, Passau
Gesamtherstellung: Neue Presse Druckservice, Passau

Foto: Karl-Heinz Roider

Meinem verstorbenen Mann gewidmet

Beruf als Berufung: Rudl Frimberger

Da Töpfer

Töpferscheibn, drah di staad
irdans Zeig werd heit draht,
flink drah de um.

Brauchan a Hafalgschirr
und etla Krüag ois Zier
füa de schee Stum.

Weitling für d Schüsslrahm,
Hafal fürn süaßn Rahm,
Krüagl fürs Bia.

Hefa fürs Buddaschmoiz,
Nachhafal, a schee gmoits
brauchatn mia.

Tella, an Bleametopf,
fürn Maa an Pfeifakopf,
Reindl fürn Brotn.

Niaschal fürn Kinihos,
Muichhafal für d Frau Bos,
ollas soi grotn.

Oisamt de scheene Sach
mit dea a Freid i mach,
mach i aus Loam.

Drah di um Töpferscheibn,
koa Ton derf übableibn,
geh no net hoam.

Werd wieda lang da Dog,
guat, daß i d Arbat mog
hob hoit a Freid,

mit meina Töpferscheibn,
duat sa se umareibn
oidog wia heit.

Töpferkurs

Nimm ma vom Loam a Trum
schlog n fest umadum
wutzltn schee.

Schmeiß n am Scheibnkopf drauf
brich n mim Daam iazt auf
ziag n in d Heh.

Gwußt wia – a kloana Druck
aa leichta Fingazug
scho is s geborn,

setz no a Schnaberl oo
und a scheens Henkerl dro –
a Haferl is worn.

De boarisch Red

Oft wer i gfragt, von wem i s hab
de echte, de boarische Sprach.
Drauf sag i dann, des is a Gab,
i hüats wia a kostbare Sach.

Mei Vadda war aus waidla Hoiz
und er hat mas mitgebn ins Lebn,
war a Waidla und war drauf stoiz
er kunnt ma nix bessas net gebn.

Drum hab i s gern, de boarisch Red,
was kinnat denn scheena no sei
und schia koa Tag dabei vageht,
foit ma net aa mei Vadda ei.

Hoamat

Mei Hoamat is a oide Stodt,
anam großn Strom
und no zwoa Flüß, ghern da dazua
und aa a Stephansdom.

Mei Hoamat is des oide Haus
in dera kloana Stodt
und in dem Haus bin i geborn,
han nia nix andas ghot.

Mei Hoamat san de Gaßl dort
und d Leit de jeda kennt,
wo aa a jeds an jedn no,
freindle beim Nam no nennt.

I bleib hoit da, weils d Hoamat is,
is oiß aa andas worn,
i schau net hi, druck oa Aung zua
sunst kaam i um vor Zorn.

Da Hausgrand

Mei Basl hot an Hausgrand ghot,
ganz grob und oafach war a grod
aus am Granitstoa außaghaut.
Ois Kunstwerk han a i aagschaut.

Ans Hauseck hams n zuwegstejt,
denn an dem Platz rinnt aus da Wejt
a Wossa hell, rinnt ej in Grand
und schwoabt a wengerl übern Rand.

Boi in da Fruah, wann d Sunn aufgeht,
siagst s Basl, wias am Hausgrand steht,
sie bindt se aufe ihra Gwand
und woscht se s Gsicht aus, dort am Grand.

Oft hört mas, wias im Stoi hantiert
und mit de Viecha dischkariert,
duats Zeidln, tragt dann d Sechta voi
mit Milli außa aus m Stoi.

Im Grand duat se s ins Wossa stejn,
schee koid is s Wossa vo da Quejn,
wua d Milli saua, s waar deat schod –
an Kühlschrank hot ma no koan ghot.

Mim Kübe gehts wieda zum Grand,
schöpftn voi Wossa bis zum Rand.
Is ja a Segn, für Viech und Leit
vom Hausbrunn s Wossa, olle Zeit.

Längst hot da Hausgrand koa Aufgab mehr,
s Basl is gstorm und da junge Herr
hot s Wossa eineglegt ins Haus,
verlassn schaut da Hausgrand aus.

D Küah san verkaaft worn und d Fejda verpacht
statt am Sachl, siagst a Haus voller Pracht,
und drinn im Gartn, zua Dekoration
steht iazt da Hausgrand, auf Füaß aus Beton.

Aapflanzt mit Geraniensteck,
treibts und spriaßts aus am jedn Eck.
Do wann i schau, da denk i diamoin,
ois Hausbrunn, hat a ma bessa gfoin.

Da Schneida

Für an Schneida, a harts Lebn
hots im Woid drin früahra gebn.
De großn Bauan, mit vui Gejd
ham eahna Gwand in Passau bestejt.

Bloß vo de arma Häuslleit
a jeda nach m Schneida schreit,
daß a zammflickt, guat und bille
möglichst schnej, de ganz Famile.

D Kramrin hot eahm Botschaft daa,
boi draaf, da siagst an Schneida schaa
übern Roa und d Aacka her
mit seim Binkl geh, auf d Ster.

Guatding zwo Stund, de geht a schaa
aufn Weg zun Häuslmaa.
D Häuslarin steht scho vorm Haus
und schaut nach m Schneida aus.

»Daß d nua da bist« schreits eahm zua
»Arbat hob i heit grod gnua«.
An Korb voi Zeig duats zuwazaan,
des wo zan Flicka is und Nahn.

Da Schneida nodlt bis auf d Nacht
und spot er se auf d Hoamroas macht.
An etla Oa, a Brout und Speck,
de gibts eahm no mit auf seim Weg.

Ganz umasunst wart er aufs Gejd,
ja mei, des hat im Häusl gfejt.
Sei Müadigkeit er nimma spürt
weil a bloß sinniert, sinniert.

»Wia wer i des meim Wei grad sang,
wenns mi nachm Gejd werd frang.«
Hoaßt wieda frettn, s ganz Jahr um,
hätt aa siebn Kinda, in da Stum.

Da oide Baam

Vor meim Basl, ihram Haus,
da is a Nußbaam gwesn.
Vui hat a gseng, jahrein – jahraus,
in de Bladdl kunnst as lesn.

Jung war da Vedda, schneide, fesch
er hat se a Beirin gnumma.
S war mei Basl, tüchte und resch,
gheirat hams im spätn Summa.

Am Weg zua Kircha brockt a ihr
a Zweigl ab vom Baam.
Er moant damit, »aa der ghört dir«,
sie lacht und glaubts no kaam.

S Jahr drauf, siagt ma a Wiagal steh,
unta de broatn Äst.
»Dua fei recht staad zuwegeh,
s Büabei, schlaft tiaf und fest.«

No oft werd eah a Kind geborn,
da Baam hat Schutz eah gebn,
do d Kinder san schnea größa worn
und müaßn naus ins Lebn.

In d Stadt sans ganga zum Studiern,
dann hams in Kriag ziang müassn.
Am Baam vorbei da Weg duats führn
und Tränen deant n giaßn.

S Leben is schee staad umeganga,
oi zwoa sands oid und müad
und ham bloß no oa Valanga,
daß mas zum Herrgott füaht.

Da letzte Weg geht no vorbei
am Nußbaam, dort vorm Haus.
An Vetta zerscht, Jahr drauf sei Wei
fahrns in da Truchan naus.

Kunnt vui erzähln, der oide Baam,
is no net alles gsagt.
Do wer möchts hörn, i glaub aa kaam,
daß n da no wer fragt.

Da Austrag

In eahnam Lebn, da hams bloß grackert,
voi Klift und Gicht san de zwo Händ,
a oanzge Kuah, mit der hams g'ackert
an Feieramd – den hams net g kennt.

Se ham gmoat, se mochans gscheida
wia ma d Sach eah übagebn,
do es geht iazt grod so weida,
nedda duats zan übalebn.

Nix hot glangt, net hint und vorn,
grad is s, wias scho beim Vodda war,
oa Kind ums anda werd geborn
und d Not werd größa mit de Jahr.

Mit der hams grauft, jedn Tag im Lebn
san vo ihr druckt worn und sekkiert,
do iazt hams s Sachl umegebn,
werd Zeit, daß aa da Bua probiert.

So sans im Austrag, alle zwoa,
vorm Häusl sitzns auf da Bänk.
Sie ham ja nimma vui zun doa,
ham Zeit und traaman aa a weng.

Gern denkans zruck, gor an de Zeit,
wias jung gwen san und d Kinda kloa,
da warn um se a Haufa Leit,
do iazt wos oid san – sans alloa.

Da Herrgott

Du hast gmoat, du brauchst koan Herrgott
du kaamst ohne seina aus,
den ham bloß de arma Leit not
und net du in deim scheen Haus.

A mords Haus mit großm Gartn
und im Sack a Haufa Gejd,
hast aa s Glück, brauchst net drauf wartn,
gseng hast aa de hoibat Wejt.

Do wia schnej kann se des wendn,
du werst krank oda dei Wei
dann druckt d Not an alle Endn,
mit oam Schlag is oiß vorbei.

Iatzat brauchst aa du an Herrgott,
der dia Kraft gibt und an Muat,
du hast gmoant, du hättstn nia not,
glaubst as iazt, wia not a duat.

Da letzte Weg

Den letztn Weg geht ma mit dia
und nochan bist alloa.
Man sagt Gebetl, deckt de zua
mit Bleamen, Erd und Stoa.

De erstn Däg, da frang d Leit no
is s wahr und aa warum,
nach a paar Wochan, meinerseel
scheert ma se nimma drum.

Denk an dei Lebn, an d Ewigkeit
wart net bis ollas z spät,
es kunnt leicht sei, daß du der bist,
wann wieda oana geht.

Durchs Jahr

Liachtmeß

Hot boi an End, de finsta Zeit,
auf Liachtmeß hi, is s nimma weit.

Doan oide Bauernregeln kund
»da Tag wachst um a ganze Stund«.

Werds eher liacht dann in da Fruah
woaß ma, iatz gehts am Auswärts zua.

Und do san d Nächt no bitter koid,
da Frost no seine Bleame moit

ois wollt a sagn, »i zoags enk scha
so schnell bringts es mi no net a«.

Do hoaßts, es soll an Liachtmeß schneibn
und soll a d Kältn no so bleibn,

werds a guats Fruahjahr für an Bauern
und soll den ganzen Summa dauern.

Nach oidem Brauch werdn Kerzn gweiht,
gegns Wedda, Tod, Bresthaftigkeit.

Mia stelln uns a gweichts Liacht ins Haus
und sperrn damit an Winter aus.

IHS

D Weibaroas

Z Hugling in da greana Gans,
spuins scho Nametog zum Tanz.

Da werds zünfte heit und hoaß,
aufgehts Leit, zua Weibaroas.

Um Punkt drei, da kemmans eina
d Biene Maya und Zigeina,

Prinzen mit de Hexnweiba,
Baroneß und schiache Reiba.

Alle drahn se in da Stum,
d Muse spuit scho in oam Trumm,

Woiza, Landla an Hupf ume
auf da Klarinett und Trumme.

D Schuifrein hat ois Bajadeer,
mim Napoleon ihr Gscheer,

net amoi bei da Frasää,
duat a d Händ aus m Schiläá.

Am Zigeina is s net recht,
daß Biene Maya fuatfliang mecht.

S Hexnwei schimpft in oam Ding,
auf den neia Call – girl – ring.

Oba boid is oiß vageßn,
d Wirtin kimmt iatzad mim Essn.

Lüngerl, Koibfleisch, Semmeknon
und a Schweinas bron und gson,

aft dano Kafää und Nudl
und a mordstrumm Apfestrudl,

denns dann aaschnein vo da Mitt,
s Danzn macht hoit Apetitt.

Do de Zoaga vo da Uhr
drahn se um in oana Tour

boid is s aa scho Mitternacht,
jede iatzt zum Hoamgeh tracht;

und olle moanans, des is gwiß,
daß d Weibaroas des scheena is.

Aschermittwoch

*Da Fasching is umma und d Fastn geht aa,
a jeda hot gwerkt, sovui a grad kaa.*

*De letztn drei Däg, s war ja dennat ganz aus
war a kaam mehr dahoam, bloß no im Wirtshaus.*

*In da Fruah dann am Mittwoch, es is an da Zeit,
da geht ma in d Kiacha und macht Rei und Leid.*

*Is oiß aa vagebn, wenn ma fest aa dra glaubt,
da Pfarra straaht oam a Aschn aufs Haupt,*

*zum Schluß dann, wenn er dir an Segn duat gebn
schwörst feierlich ab, dem sündigen Lebn.*

*Denk nimma an d Weiba, an de lasterhaft Zeit,
dua fleiße betn, sei zua Buße bereit.*

*Und is seit m Fasching, dei Gsund ramponniert,
dann duast fleiße fastn,
geht s Gwicht weg wia gschmiert.*

Am Auswärts zua

Iazt gehts am Auswärts zua!
Koid is s no in da Fruah
wia oba d Sunn dann scheint,
hörst as wias leint.

Siagst as, wia auf da Gred
schee staad da Schnee weggeht,
tröpfets vom Stadldach,
machts an kloan Bach.

S Eis drin im Wossagrand,
brüchig werds scho am Rand,
spürstn, den warma Wind
der aa s Eis nimmt.

Drom im Hoiz schnalzt da Hah,
d Vögl, de singan schaa,
auf da Bank hinterm Haus,
putzt se a Maus.

I denk scho voller Freid
an de schee Fruahjahrszeit.
Is a dann weg da Schnee,
mia tuats net weh.

Is da Winta no net umma

Hot ma scho gmoat
iazt kaams Fruahjohr ganz gschwind,
d Sunn schejt scho oba,
schee warm und schee lind.

Diam siagst am Wegrand
no winze und kloa,
an Kopf von am Bleame,
hinta am Schtoa.

De Astl vom Baam
ham scho Knöpfal aufgschteckt,
A Vogerl am Wipfe drom
s Köpfal aufreckt,

und d Leit dean se gfrej
und lochan »o, mei
is gent da Winta
do endle vorbei.«

Do frei di net zfrüah,
s is no lang net so weit,
s Wedda hot Muckn,
is wendisch wia d Leit.

Wia oft is scho gwen
stehst auf in da Fruah,
liegt a frischs Schneewal,
s deckt oiß wieda zua.

S Märznveigerl

Märzenveigerl, drunt am Roa
bist ja heia no so kloa.

Tiaf duast di ins Gras ejhocka,
dennat schad waarst scho zum Brogga.

Muaßt di bloß in d Sunn aufrecka,
vor uns brauchst di net vastecka.

Laß uns a wengerl eineschaung
in deine himmeblaua Aung,

denn dann wiß mas gwiß genau,
Fruahjahr werds, in Woid und Au.

Palmsonntag
(Poimsonntag)

S *liegt no da Schnee, blüahn d Poimkatzl scha,*
deutn s uns eppa a Äuswärts iatz aa.

D Sunn steigt scho höher und boid is s soweit
dann is wieda Ostern, de hochheilig Zeit.

A paar Tag davor, wern nach oidm Brauch
Astl ogschnien, vom Poimkatzlstrauch,

duat Poimkranzl aus de kloan Astl windn,
aa Buschn mit gscheckate Bandl bindn

und tragts am Poimsonntag in d Kiacha zua Weih –
mit seim Buschn mecht jeda da scheena sei.

Zum Herrgott im Winkl, hängt ma s Poimkranzl hi,
a paar gweichte Katzl de gibt ma am Vieh

und d Buschn, de wern dann aufs Fejd außetrang,
solln schützn vorm Hagl, daß Blitz net ejschlang.

Ja – schlaft oana gern, mei dea hot sei Gfrett
und kimmt a grad heit, recht hart ausm Bett

braucht se net wundern, wird ea heit aufgweckt,
daß man ois Poimesl aa no dableckt.

Da Kerschbaam

Guat Ding, fuchzg Jahr de steht a scho
in unsana kloana Gassn.
Mei Vata selig hatn no
am Haus dra ejpflanzn lassen.

Er hat se durchbracht, voller Müah
auf dem arma, stoanign Grund
und is do all Jahr voller Blüah
is trotz a paar Begger, kerngsund.

Mit de Auto, hat er koa Freid
wenns eahm gar znah zuwekemman,
oba gwiß aa mit dene Leit,
de auf garnix Rücksicht nehman.

Von wem i red? mei Kerschbaam is s
er steht vor unserm Haus.
Seine fuchzg Jahr, de steht a gwiß,
i hoff, er hoit aa mi no aus.

Maitanz

I gfrei mi wia net gscheit
zum Maitanz geh i heit,
Buam ham an Maibaam gricht,
des is a Gschicht.

Spuileit, geh laßts enk hern
glei muaß s zum Tanzn wern,
blast s Klarinettl fej,
Trummla, hau drej.

Polka und Wechslschritt
s Deandl nimm i um d Mitt
duas übern Tanzbom ziang,
daß Kiddln fliang.

Oftan dann kehrn ma ej
beim Wirt zu Bier und Wej,
i kaaf am Standl ihr
Roßwürscht zum Bier.

Und san ma dann frisch gstärkt
ja, dann werd wieda gwerkt,
bis in da Fruah
kriang ma net gnua.

D Liab

D Liab is a Pflanzal, fein und rar,
muaßt as guat pfleng und hüatn gar,
wia a Schaafal und an kloan Hund,
auf d Liab muaßt da schaun jede Stund.

Kimmt da a Bua und er sagt zu dia,
daß a di gern mag und des ois wia
was bisher s Liabst gwen waar in seim Lebn.
Is des dann d Liab und kann a das gebn.

Gar oft sagt oana, i mag di so
und übermorng rennt a dann davo.
De wahre Liab, des merk da du fej,
de wahre Liab, de soi ewig sej.

Zwiegespräch

Hansl, sog hoit, mogst du mi?
freile Gretl, mog i di.

I mog di so, des is ganz gwiß,
wia olle Bleamen auf da Wies,

grod wia de Keaschal drom am Baam,
oiwei nua di siag i im Draam.

Drum frog i di beim Abendstern
sog, möchst du net mei Weiberl wern?

An s Greterl hot a se valorn
und am Altar de Trei ihr gschworn

und mit jedm Jahr,
wachst aa d Kindaschaar.

Fuchzg Jahrl saands iazt scho beinand,
in eahnam heiling Ehestand . . .

Da frogt eahm d Muadda voller Schei
und werd a wengerl rot dabei.

Vadda, sog hoit, mogst du mi?
freile Muadda mog i di.

Vom Himmi holat i dia d Stern
weil i ja woaß, du siagst as gern,

vom höchstn Berg, a Bleame, gwiß,
do zwickt mi schiach – mei Rheimatis.

D Wallfahrt

Oi Johr im Mai, wanns Wedda schee
duat ma recht gern auf d Wallfahrt geh.

Ejglan hat heit da Jungernbund,
er werd dafür scho ham an Grund.

Am Dorfplatz dean sa se formiern
und richtn dann zum Abmarschieren.

D Musi von da Feierwehr,
oiwei gibts ihr Bestes her,

speat hafte heit zum Lob des Herrn,
daß aa de Ghörlosn no hern.

De weißn Mäderl kemman dann
und dean recht fleiße Bleame strahn.

Dann kimmt de hohe Geistlichkeit –
mim scheenan Gwand, da gengans heit,

mit ihr gehn d Ministrantnbuam,
da Mesna leit vom Kiachatuam,

daß aa d Leit ganz gwiß vanehman
und zu dera Wallfahrt kemman.

Hintam Himme geht a foasta,
ja, des is da Buagamoasta.

Volla Kraft duat a grad strotzn
und mit seina Kettn protzn.

Schau – iazt kimmt da Jungfanbund,
saubre Deandl, rund und gsund,

mit de scheen blauweißn Gwaanda
sans scho nobe beiananda. –

De oide Wabn, es duats vadriaßn
sie hots in letzta Zeit mi m Füaßn,

steht an am Platzal drin im Ort
und hoit se ihran Seng von dort.

A fremder Herr nem ihra steht,
sie kemman mitanand ins Gred –

es siagt an Jungfanbund – wos wunda
wern d Aung im Kopf eahm oiwei runda –

»de vuin Jungfan – so a Freid!«
na, moant da d'Wabn – eh bloß heit.

Prangergeh

*Voller Sorg schau i zum Himme,
hoffentle bleibts Wedda schee,
d Arbat waar glei umasunst gwen
morng, da werds zum Prangergeh.*

*D Fensta putzt, daß grod so blitzn,
ollas sauba – schee beinand,
Bleamen, Fahnan vor de Fensta,
oiß zoagt se im Festtogsgwand.*

*De kloan Gassal aa und d Straßn
olle schauns so sauba aus,
grod is s, du gangst in an Woid ei
mit de Baam vor jedm Haus.*

*In da Fruah am andan Dog dann
schau i auße volla Freid,
d Sunn lacht vom weiß – blaua Himme,
mei werd des a Festtog heit.*

*Horch, iazt leitn olle Glockn,
d Pummerin vom hoha Dom –
wo kunnts iatzat no so schee sei?
i moa net amoi in Rom.*

Ollas is scho auf de Füaß heit,
Buagamoasta, Bundeswehr,
weiße Mäderl, Goidhaumfrauan –
gengan hintam Himme her.

Und da Herrgott geht durch d Straßn
segnet von des Bischofs Hand,
d Stodt und d Leit de drinna wohnan
und des ganze boarisch Land.

D Maidult

Vom Woid a Baua und sei Bua,
de gengan da Stodt Passau zua.
D Maidult, de is eahna Zui
mit Biahüttn und Kaschbalgschbui.

»So, moat da Baua, des waar recht,
wos i ois erschts, iatza gern mecht,
vom Faßl grod, a Frische Maß
und a Trumm Kaas, safte und raß.«

»I mecht zum Kaschbal«, benzt da Bua,
»do host a Maarkl, iatz laaf zua,
dua di beizeitn oba trenna
sonst müaß ma aufn Zug recht renna.«

Da Bua duat glei zum Kaschbal flitzn,
da Baua bleibt im Zelt drin sitzn,
er kaaft se no a Maß a zwee
und denkt scho gor nimma ans geh.

D Musi drobn am Postament,
speat Stückl, de ea aa guat kennt,
La Paloma – Weiße Taube –
komm in meine Liebeslaube.

MAIDULT
KASPERL
BIER HÜTTE

Da Baua singt ganz laut dazua,
singt und trinkt und kriagt net gnua,
oiwei no und no an Schluck –
da kimmt da Bua vom Kaschbal zruck.

Sei Gsicht und d Augn san ganz vowoat,
er hockt zum Vodan hi und moat,
nomoi mecht er zum Kaschbal geh,
es war hoit dort, gor so vui schee.

»Mei Voda, kannst ma du des song,
mėe hams an Deife gor so gschlong?«
Da Voda, dea vom Bia ganz voi
woaß net, wos denn de Frag iazt soi.

Da Bua fragt wieda »Voda, haa
mee hot a epps am Deife da«?
wieda und wieda fragt da Bua,
er laßt seim Vodan gor koa Ruah.

»Mei Voda du – du Voda haa,
mee hot da Kaschbal eahm epps da«?
und nedda fragt a grod des sej,
des wird am Vodan langsam zfej,

ganz wiafle schreit da Voda drauf,
»hear mit deim saudumma »Voda« auf.

D Amsl

*Auf d Spat zua, beim Spazierngeh,
grengt hots, ois wia net gscheit
hör i, daß da in meina Näh
ganz laut a Amsl schreit.*

*Sie hat vazweifelt gschrian und kaam
wars staad, hots wieda glockt,
siag i, daß unterm Apfebaam
a junge Amsl hockt.*

*Darupft is s gwen und ganz duschnaß,
sie kunnt ja no net fliang,
drauf hab is gfangt dann, drinn im Gras,
sie war net leicht zum Kriang.*

*Habs in a warmes Nesterl gsteckt,
ihr a paar Bröckerl gebn,
da hats auf oamoi d Flügerl gstreckt,
in ihr war wieder Lebn.*

*Do s Vogerl is schnea größer worn,
schwingt si in d Freiheit ab,
mia wars, i hätt grad was verlorn,
weil is doch aufzong hab.*

Marienlied

(geschrieben für die Maiandacht im
Schönauer Hof ob Passau
gesungen vom Dreigesang der
»Stubnmusi vom Schönauer Hof«)

Muttergottes, im Mai
zu dia kemman mia drei,
wolln dia a Liad singa,
ois Dank dia darbringa,

Maria sei Dank.

Hast jahrein und jahraus
beschützt Leit, Viech und Haus.
Von deim Mantl umhüllt,
ham mia sicha uns gfühlt,

Maria uns schütz.

Dich Patronin der Bayern
mia als Königin feiern,
hoit dei segnende Hand
übers boarische Land.

Maria uns hilf.

Lavendel

Amords Buschn steht im Gartn
und i kanns scho kaum dawartn

bis da Lavendl steht in Blüah
aa zu was guat, net bloß als Zia.

Hat an guatn Gruch und schaut schee aus
und ghörat ej in a jeds Haus.

Duat man zwischn d Wäsch ejstecka
dann dean Pfoadn recht guat schmecka,

er is aa no zu mehra Nutz
gegn Schabn und Flöh is a a Schutz.

Hast Kopfweh oda plang di d Wind
rat i dir dringend, nimm ganz gschwind

Öl vom Lavendl auf an Zucka
glei drauf, da werd di nix mehr drucka.

Dia Deandl, oba rat i nacha
dua ia a schmeckats Wassa macha

aus den blaun Lavendlblüah
und dei Bua bleibt gern bei dia.

S Johanniskraut

Neban Weg, liab und vertraut
schauts di aa, s Johanniskraut.

Is a Pflanzerl, ganz bescheidn
und huift do, bei so vui Leidn.

Als Tee aufbrüaht huifts innerlich
in Öl einglegt, bei Stauznstich.

Brock an Johanni dir an Strauß
und stell na eine in dei Haus

aufn Dachbodn laß da sagn
dann duat do koa Blitz ejschlagn.

Dua de Bleamerl recht schee windn
und dann draus a Kranzerl bindn

des schützt di vorm Drudndrucka
und aa vor a Hexnflugga.

In d Stern ejgschaut

Bei meim Deandl bin i gseßn,
ham an am kloana Luftschloß baut.
Dabei ham mia wejtvageßn
und vatraamt in d Stern ejgschaut.

Schau, dort is die Waage vielleicht
siagst aa an kloan und großn Bärn
und dea da drent, gar so hell leicht,
des is ganz gwiß da Abendstern.

Sie duat s Köpferl zu mia wendn,
i siag a Liacht in ihre Aung
und dea Glanz, dea duat mi blendn
ois daat i in d Stern ejschaung.

D Sternschnuppn

Derfst d was wünschn, wann a Sternschnuppn foit,
was wünscht da denn du? – i wünschat ma hoit

a bißl a Glück, ganz bescheidn und kloa
so, daß i no recht lang mei Arbat kunnt doa,

dazua braucht ma Gsundheit, da Herrgott mögs gebn,
denn ohne Gsundheit, waars gar traurig s Lebn.

D Kinda, daß brav bleim, eahna Auskemma ham
und aa a Lebdoglang fest hoitn zamm.

Ganz bsondas und fest oba wünschat i mia,
i mechat hoit sogern recht oid wern mit dia«.

Passau im Sommer

Am scheenan is da in da Fruah,
am Innkai drunt bist no alloa.
Um Zehne kemman Leit grod gnua
und d Oidstodtgassl, de wern zkloa.

Mim Bus kemmans, vo Graz und Grein
zua Rundfahrt druntn auf da Doana.
Sogar a Skatclub kimmt von Rhein,
aa dort häns Schiffal, mecht ma moana.

»Führung durch d Stodt«, steht am Programm,
da Mensch, dea muaß se do aa buidn.
Am Domplatz kemmans olle zamm,
dann roasns los, ois wia de Wuidn.

Zua Residenz, durch Zengagassn,
am Brunna bleims a wengal steh.
Sie hern vui Datn, trangs gelassn,
hams Glück, sengs aa an Bischof geh.

Scho siagt mas wieda weidarenna,
da Ortspitz machans iazt an Bsuach.
Ma siagt oa, de glei nimma kenna,
denn s Hehnaaugn zwickzt in de Schuach.

Da Fremdführer duat vakündn:
»schauns d Uiz, de kimmt da drent dazwerg,
an Inn sengs da in Donau mündn
und s Oberhaus steht drom am Berg.«

So gehts im Summa ollawei,
in oana Tua und Schlog auf Schlog,
fahrn Bus weg, dann is oiß vorbei,
uns ghert dann d Stodt, fürn Rest vom Dog.

A Summatag

Da Herrgott selber, der hats gmoit
a Summawies, wanns blüaht,
a Buidl, des aa dia gwiß gfoit
zum Traama werst vafüaht.

Da schaust dann bloß in n Himme ej,
und d Höh, wo d Wolkn ziang,
da Wind, der blast a bissal drej
und du mechst mit eah fliang.

Nebn deiner iazt a Hejschreck hupft,
ganz staad a Grejal singt.
A Humme an ra Blüah dra zupft,
in d Höh ses Vogerl schwingt.

Und s Bacherl wischpert glei danebn
ois mechts dia was vazejn,
vo Fischerl, de im Bach drin lebn,
de glanzatn Forejn.

Des alles is a Summatag,
a Tag so voller Freid.
Ans End i schia net denka mag,
mechts ahoitn de Zeit.

D Wepsn

Gehst iazt weg, du Wepsnluada,
suach da do wo andas s Fuada.

Duat mi de do glatt daschrecka
und mecht von meim Honig schlecka,

hockt se broat ins Haferl eine,
gehst iatz aussa, oba schleine.

Hoits mi zruck, i mecht net fluacha,
grad daats mein Kafää vasuacha,

da dawisch i s und staubs weg,
des hat aba net vui Zweck,

d Weps fliagt auf, mit sum sum sum
übern Butta dann rundum.

Mia werds z dumm, i hoi an Datscher
habs aa troffa, sie werd matscher

drahts umadum und dann stürzts ab
und s Honighaferl wird ihr Grab.

Ja, bei de Leit is s grad a so,
da gibts oa, de ham nia was do

und machans grad wia d Wepsnluada,
sie holn se aa bei andre s Fuada.

HONIG

Fahrt auf der Donau

Auf da Donau fahrn mia
ins Österreich ej,
mia möng ma dort d Leit gern
und aa eahnan Wej.

Vo Passau kemm ma
vo da Grenz glei da drobn,
dort fragt uns da Grenza
was habts denn ös gschobn?

laßts ejschaun in Zuin,
zoagts her enkre Taschn.
Mia ham eh nix drin,
ois wia laare Flaschn,

wann ma zruckfahrn sans voi,
do dann liaba Maa,
gehts bloß no den
boarischn Grenza was aa.

Hoibiasuacha

Määscha, laafts in Hözl aue
und schauts ban de Hoibia no.
Nehmts des Kübei mit, des blaue
fangts aa glei zun Brogga o.

Denn i moa, daß iatz scho reif san,
kuglrund, wia Keasch so groß
so, daß grod zun Brogga recht wan,
lochans außa aus m Moos.

Wanns enk oftan drausd no gfoit
und habts no a weng dawei,
gehts schee schtaad no durn Woid
und schauts inta d Schtauan ei.

Ban de Hoibia wochsn d Schwamm,
findats oa, waar des a Freid,
wei ma glei wos z Essn ham,
d Schwammasuppn meng aa d Leit.

So a Suppn, mit vej Rahm ei
und an Semmeknon dazua,
waar ois Sunndaessn aa fej
schia kriagt ma davo net gnua.

Iatza Määscha, doats enk schleina
und schauts zua, daß aa epps findts,
Hoibia, Schwamma und zweng meina
aa a Büschei Pfefferminz.

Herbst

S ganze Troad is scho herin
und d Fejda, de lieng brach.
S Groamat, des is aa scho gschnin,
fürn Winta gricht werd d Sach.

Iazt spannt da Baua s Roß vorm Pflug
und ackert um sei Fejd,
macht scheene Furchan, Zug um Zug
bis alles recht is bstejt.

»Ob d Arndt woi guat werd, s nächste Jahr?
denn heuer wars net schlecht.
Hab Glück im Stoi ghot und sogar
Glück aa mit Dirn und Knecht.

Glück aa mim Wedda, muaß i sang,
vui Sunn und aa gnua Reng.
Nirgendwo hat a Blitz ejgschlang
s war oiß voi Gottes Seng.

Zum Aussaan werd iazt höchste Zeit,
denn s Wedda waar no guat!
De Arbat moan i, pack i heit,
weils scho stark herbstln duat.

Da Böhmwind blast ja scho ganz schee,
oa Brausn is da Woid.
Mir is, i spürat scho an Schnee,
auf oamoi werd ma koid.«

Winter

*Ganz staad mechts Winter wern
Woid und Fejd gehn zua Ruah,
de letztn Summaährn
deckt a Schneewal scho zua.*

*Am Füasaam, da Dornschleh
is vom Rauhreif ganz weiß,
auf de Baam liegt da Schnee
und im Bach wachst scho s Eis.*

*Oiwei länger wern d Nächt,
d Sunn is trüab, ohne Schei
schia dafroisn s oam mecht
wann da Nebl foit ei.*

*Hoit di nix mehr do draußd,
bleibst gern drinn in da Stum,
wann da Böhmwind recht pfaust
und da Klaubauf geht um.*

Schlinfahrn

Hot heit Nacht a Schneewal gschniebn
und is aa schee lieng scho bliebn,
drent vom Hang und auf da Leitn,
hört mas plärrn scho vo da Weitn,
»gehts do weg – und aus da Bah,
wer an Glaube – an – Gott net kaa«.

Seppi, der vawengne Tropf
liegt am Schlin, voraa mim Kopf
saust a obe, duat nix aachtn
drunt dann eine, in ra Waachtn,
grabt se außa aus m Schnee,
dea is woach und duat net weh.

S Marei scho vor Käitn trenzt,
s Fannerl do in oanfuat benzt,
»saus ma owe noamoi,
grod mia zwoa, mim Schlin ins Doi«
s Marei oiwei bessa reat,
d Rotzglockn hots eahm scho gfreat.

Hoam kemmans dann um ra Viere,
d Muadda werd schon schee staad siere,
noß is eahna Gwand und d Schuah,
kagazn deans aa grod gnua.
Vo Lindnblüah kochts eah an Tee
und morng gehts wieda auf –
Juchee –.

D Strickjoppn

*D Deandl kimm und tua di schicka,
muaßt ma no a Joppn stricka,
denn da Winta kimmt scho boid,
in meim Pfoad werds ma sonst z koid.*

*Deandl gej, du bist a Braave
und nimmst d Woll von unsre Schaafe.
Stricktst hint a Nahtl, vorn zwoa Tascherl
und um an Hois a scheens greans Mascherl.*

*Deandl i moa, es waar recht fej
strickatst a weng a Musta ej.
Mit zwoa Zöpf und an de Randl
hoitst as ej mit Mäuserlzahndl.*

*Deandl du, i gfrei mi scho
wann i de Joppn anziang ko.
I werd dia da drin gwiß guat gfoin
und d Arbat mit am Bussal zoin.*

Auf da Ofabänk

Geh, hock di her a weng
zu mia auf d Ofabänk.
Koit is s heit, net zum Song,
d Wärm ka ma guat vatrong.
Hörst net wia s Keahoiz burrt,
im Eck hint s Katzl schnurrt?
Sogar am Hund duats taung,
er vadraht seine Aung,
i moan, er draamt a weng,
unta da Bänk.

Trink ma a Glasl Wej,
leg etla Äpfe ej,
legs ej in d Ofarehrn,
daß s rundum bratn wern.
Do iazt hock her a weng
zu mia auf d Ofabänk.
Leg do dei Strickzeig hi,
i druck di fest an mi
und ganz staad dia sag,
wia i di mag.

Da bluate Damerl

I siag oan roasn, mit am Hamma,
drum Mäascha bleibts in enkra Kamma.

Er schwingt n wuid in seina Faust
und ausschaun duat a, daß oam graust.

Sein Fuaß hat a mit Bluat aagschmiert,
werkt vor de Häuser und probiert

sein Fuaß, den bluatig koidn
beim Hoftor eine z hoidn.

Duat dann an greisling Tanz aufführn
und schlagt mim Hamma enk aufs Hirn.

Oi jahr muaß a durchs Landl roasn –
an Bluating Damerl – duat man hoaßn.

Hl. Thomas, am 21.12.
Längste Nacht und die erste der Losnächten

Herbergsuche

Seinazeit wars, in Nazareth hint
wo d Straßn nach Bethlehem füat.
Da schaut a, ob er a Herberg findt,
vom stoanign Weg sands recht müad.

Josef, hoaßt da kreizbrave Maa
und sie is d Maria sei Wei,
sie häts eh boi nimma dadaa,
ihran Zuastand siagt ma ja glei.

Bei jedm Wirtshaus klopfans an Tüa,
koa Glück hams und koana macht auf.
Weils arm san, da könnans nix dafüa,
do d Wirtsleut zahln aa net gern drauf.

»Was mechts denn, geh laßts ma mei Ruah,
fragts dennat beim Nachbarn drent aa« –
und sie haun an Gadern fest zua,
daß koana mehr einegeh kaa.

Am Himme drobn, a Stern so hell leucht
und weist mit seim Liacht zu am Stall
da ganze Weg fallt eah nimma leicht
und wird für d Maria zur Qual.

Drum sands iazt froh, daß a Herberg ham
und is s no so finsta und kalt.
Sie ruckan halt a weng näher zam
und gebn se in Gottes Gewalt.

Da kimmt da Maria ihra Stund,
da Josef, der steht ihr bei,
hat garnix auf was er s bettn kunnt,
ois wia a Stroh und a Hei.

Ganz liacht is de finsta Nacht da worn,
a Juchzn und Singa hebt aa.
Im Stall is iazt da Heiland geborn,
Halleluja und Gloria.

Schimpf du net übern Protznwirt,
denk über di selber mal nach.
Weil der de arma Leit ausspirrt,
nahmst as du ej unta dei Dach.

Jeda moant, mit seim großn Gejd
waar a über alles da Herr.
Da Herr aa, über de ganze Wejt –
er fangt se nix aa mit dem Gscheer.

Dabei waar alles so gring und leicht,
so schee kunnts sei auf da Wejt,
wanns grad wieda zua Zfriedenheit reicht
und s Menschsei dann aa wieda zäjt.

Drum horch und schau, es kinnat leicht sei
de zwoa klopfan a aa bei dia.
Mach auf und laß s ins Herz zu dia ei
und weis eahna du net de Tüa.

Mettengang

*Leit gehts weida, richts enk zamm
ziagts enk aa in d Mettn.
An aa so am Amnd wia heit
soi ma fleiße betn.*

*Muadda, leg dei Schaltuach um
Seppe nimm d Latern,
i geh hint mim Marei nach,
deats enk um uns net scheern.*

*Mia müaß ma uns a wengerl schleuna
ham ja net dawei,
guatding a Stund, de brauch ma scho
im Schnee ins Dörfe ei.*

*In da Kiacha werds enk wundan
wos ma ollas siagt,
s scheena is heit da Oitar
wo drom s kloa Engei fliagt.*

*Ba da Meß da werd dann gsunga,
hafte museziart
mit da Orgl, Geing und Fiedl,
daß oam andascht wiad.*

Kemma hoam oft, no da Kiacha
duats Würscht und Suppn gem
und aa no an Guglhupf
mit Safran und Zibem.

Hupfts ins Bett oft, kinnts no draama
wos den Dog oiß war
Schod is s, daß des scheene Fest,
bloß oamoi is im Jahr.

Weihnachtslied

Satz: Hans Würfl

geschrieben für den Dreigesang
der »Stubnmusi vom Schönauer Hof«.

Du liebe, heilige Zeit
wia uns des kloa Kindl gfreit.
Liegt in seina Krippn drinn,
d Maria mit frohem Sinn
schaut s Kind aa, voi Glück
mit liablichn Blick.

*D Wangerl wia Röserl blüahn
und d Äugerl wia Sternderl glüahn,
wia a himmlischer Schej,
geht a in d Herzn ej
und macht uns so warm,
ob reich oder arm.*

*Kloans Kindl, du großer Gott,
steh uns bei in unsrer Not,
halt Krankheit und Kriag uns fern,
huif uns deiner würdig wern
und gib alle Zeit,
an Friedn de Leit.*

Jahreswechsel

Wia schnej, daß do die Zeit vergeht,
oa Jahr is wieda umeganga.
Wias Bladdl, des da Wind verweht,
oi zwoa sands nimma zum daglanga.

Was is a Jahr, wannst vüre schaust
moanst grad, es waar so lang,
dann rennts davaa, daß da schia graust,
s werd dia a wengerl bang.

In so am Jahr kannst vui dalebn,
s is net grad alles schee.
Do muaßt di mit allm zfriedn gebn,
s kann net oiß guat ausgeh.

Vom neia Jahr, da wünsch i mia
Gsundheit und Glück im Lebn.
Des Gleiche, glaub mias wünsch i dia,
möchts uns da Herrgott gebn.

Heiter-
Besinnliches

Vernissage

Einlud jüngst der Künstler X
zum Ansehn seiner Werke.
Abstrahiern, sagt man ihm nach,
wär seine große Stärke.

Meeting in der Galerie,
man sah erlesne Leute –
wo man auch für die Vernissage
die Unkosten nicht scheute.

Die Herren Unter – Ober – Drüber,
sie kamen in Begleitung,
und wer noch auserlesen war,
liest man dann aus der Zeitung.

Laudatio, hielt ein Präsident,
sie wollt und wollt nicht enden.
Dann spielte man auf dem Klavier
»Nocturne« zu vier Händen.

Mit Sekt im Glas und ganz leger
auf Sofas hingegossen –
nahm man die Werke in sich auf
und wurden sie genossen.

Dort auf dem Bild, nur einen Punkt
wahrhaftig – grandios.
Im Katalog dazu vermerkt
»Mutter mit Kind im Schoß«.

Das nächste Blatt ziert nur ein Strich,
gekonnt und genial,
und im Programm steht: »Madam Z
im Abendkleid mit Schal.«

Mit Ah und Oh sah man es an
das Werk – von Meister X.
Doch resigniert meint der dazu:
»Vakaaft? – Naa, wieda nix!«

Christbaamversteigerung

Wieda oamoi is s soweit
olle ham se drauf scho gfreit

Stopsl – Club und FC Bayern
richtn her für d Christbaamfeiern.

Drom im Saal, beim Wiat »Zum Lamm«
kemmans dann am Samstag zamm.

Scho beim Einegeh werd gschaut
aufs Regal wos aufgebaut,

de Sachan, de man in da Tat
alle fleißi g zammtrang hat.

Roßwürscht und a Bügleisn,
große Taschn zum Verreisn,

schmeckats Wossa in am Flaschal,
epps zum Nahn, in aram Taschal,

Speck und Gseachts und aa paar Schern,
wartn drauf, daß gsteigert wern.

So, und iazat is s soweit,
aa da Vorstand is bereit,

klopft an s Glasl, hebt sei Hand
bitt, daß alle ruhig sand.

Sang mecht er nua aa paar Wort
warum ma da san an dem Ort

danken aa, für Das und Dies
was s ganze Jahr lang tan worn is.

Volla Andacht und voi Glück
heat ma dann a Weihnachtsstück

und im Saal von allen Zungen
wird »O Tannenbaum« gesungen.

Da Vorstand gibt se iazt an Schwung
und schreitet zur Versteigerung.

A Rankal Gseachts, schauts her genau
vom Huababauan seina Sau,

i sag fünf Mark, wer bietet mea?
Da Lois schreit »i gab Achte hea«

und hintn moat da Sepp im Eck
»bei mia, da gaangs um Zehn Mark weg«.

Zehn Mark – zum Erschtn – i derf bittn,
i hea grad Zweaf – zum Zwoatn – Drittn.

»Epps für die Dame, schauns Frau Meia,
s waar was für sie, dea Huat mit Schleia,

i gib aa no drei Roßwürscht drauf,
des oiß wirf i um fünf Mark auf.«

Sechse und Sieme, i sag acht,
a Fuchzgal drauf, des waar ja glacht,

dea Huat, dea muaß scho mehra bringa
gehts Leitl, deats enk do aufschwinga.

Um Fuchzehn Mark dann, für sei Susi
kriagt na da Hansl vo da Musi.

Und iatz gehts grad Schlag auf Schlag,
daß i enk no weida sag,

jeda nimmt was in Besitz.
Da Vorschtand wischt se ab an Schwitz

und feierlich duat a dann kund,
daß ma iazt zua spätn Schtund,

den ganzn Christbaam no vaschteigert,
daß se oba koana weigert,

recht fest mitbiat und des glei,
mit fuchzg Mark is ma dabei.

Zum Schluß zäjns Gejd, an ganzn Haufa,
da Vorschtand kimmt iazt aa zum Schnaufa,

nimmt se vom Bia an gscheitn Schluck
und gibt se noamoi an Ruck,

um de rechtn Worte z findn,
das Ergebnis zu verkündn.

Und er dankt den Herrn und Damen
die ermöglicht ham den Rahmen,

daß dies a schönes Fest worn is
und olle gnauggans »des is gwiß«.

Drum, im ganzen und im großn,
ham ma mia iazt gleich beschlossn,

an Pfingstn mach ma mitanand
an Ausflug dann auf d Kampnwand.

Koa Zeit – koa Zeit

Ja grüaß di, servus wart a weng
wia lang habn mia uns nimma gseng?

wia gehts da denn, is des a Freid
geh bsuach mi amoi – jederzeit.

Am Montag moanst – naa do gehts kaam
weil ma grad da Musikprob ham.

Am Dienstag kaamst – so leid s ma duat
am Dienstag muaß i gschäftlich fuat.

Da Mittwoch gaang – do fallt ma ej
da muaß i bei da Schneidrin sej

i bin a wengerl dicker worn
und s Gwand zwickt mi scho hint und vorn.

Da Donnerstag duat aa nix nutzn
da werds bei uns allweil zum Putzn.

Da Freitag? – ja der Tag is der
den i mia freihalt fürn Frisär.

Am Wochenend, daß i recht sag
san unsane Familientag.

Is wirkle schad, daß heut nix is
des nächste mal, klappts dann ganz gwiß.

S is überall des gleiche heit,
du hättst an Willn – aba koa Zeit.

Beim Bia

Mim Vadda geht da Bua zum Bia,
beim Maßkruag ziagt a aa – und wia –.

A Herr am Nemtisch schaut eahm zua
und moat, dea Bua kriagt nimma gnua.

»Erlaums Herr Nachba, daß ma fragt,
mecht wissn, wos da Lehra sagt.«

Da Vadda moat, mit stoizm Gfui
»gar nix, dea geht no net in d Schui«.

Beim Psychiater

Is oana heit, net so ganz recht
so wian sei Nachbar habn mecht,

mei Liaba, da derfs da fei glücka
daß di net zum Psychiater schicka.

Der geht der Sach gwiß aufn Grund
und stellt dia aus, aa an Befund.

Zerscht oba sagt a »sduat net weh,
lengs eahna her aufs Kanapee.

I werd iazt dies und jenes frang,
sie miaßn oba d Wahrheit sang.

Sands ois kloans Butzerl aa geborn,
und dabei net vaschandlt worn?

Hams mit am Hodansutzla dutzlt
oder am kloana Finga gsutzlt.

Dann in da Schui, wia wars i wett
hat aa da Lehrer ghot sei Gfrett.

Wia wars dann in da Pupertät,
was i da gern no wissn tät,

hams liaba mit de Buama gspuit,
hams eahna scho ois Deandl gfuit.

Daß i des oiß auswertn kann
kaams no auf aa paar Fragn drauf an.

Wia is mit m Guatl naschn
dean sie eahna d Füaß scho waschn?

sie müaßn ma aa no vazeahn,
dean sie im Traam aa Fußboischpejn?

vazejns ma des amoi genauer,
hams gmoant, sie waarn da Beckenbauer.«

Und er fragt und fragt mi weida,
wann a aufhörn dat waars gscheida.

Kommod duat a im Sessl sitzn
und oiwei macht a se Notitzn.

Dann hört a auf und schaut mi aa,
i denk ma iazt »mei guada Maa

was werst denn ollas an mia findn«,
da duat a ma aa scho vakündn

»sie san, i sag des exemplarisch
net ganz normal – do aa net narrisch«!

D Frühjahrskur

Schlagst d Zeitung auf, machst di betretn,
wern mia a Volk iazt von Asketn?

Oiß draht se da in oana Tour
um so a neie Frühjahrskur.

Z. B., moant da Lechna köhn
man soi se ernsthaft do bemöhn,

net ollas wahllos eine z fressn,
man soi aa d Gsundheit net vagessn.

Persönlich stellt a zamm an Plan.
Am Montag fang i damit an.

Zum Frühstück gibts Müsli aus Korn,
danach an Tee, vom Strauch – Ahorn.

Um Zehne dann, Wossa und Tee –
bis Zwöfe hoaßts iazt duachesteh.

Dann gibts an Reis im Apferand
mit Kreidl drin und allerhand

so Zeigs, was guat sei soi für d Kur
roh und gekocht, gemixt und pur.

Eiwende werd i oiwei nossa,
um drei gibts wieda dann a Wossa.

Um Sechse oba is soweit,
den ganzn Tag hob i mi gfreit,

da gibts a Wurscht, so zwoa drei Blatt
und oa, zwoa Löffen Blattspinat,

Kartoffe oan, damit is s gnua
denn sonst schlang d Kohlnhydrathe zua.

Bleibst iatzad dann no länga auf
trinkst no an Tee aus Kreidl drauf.

Koa Bia und Schnaps, des is woi klar
weil ollas umasunst gwen waar.

Nach so am Fastntag, i wett
kriachst eh um neine scho ins Bett.

Im Draam werd gschlemmt dann volla Freid
bis in da Fruah da Wecka leit –

und wieda gibts Müsli aus Korn,
danach an Tee vom Strauch – Ahorn.

Der Plan is aufgstellt für 10 Dag,
i hoitn durch, des is koa Frag,

kanns aa scho abzähln an fünf Finga
mit jedm Dag werd i scho gringa.

Hab i mei Gwicht erreicht is Schluß,
sonst gibts bei uns dahoam Vadruß,

denn bloß no mit Spinat und Saft
da is s net grüabig – dauerhaft.

A Glück, daß mia des Starkbia ham
des richt uns oiwei wieda zamm.

Da Beni

Da Beni, des is unsa Hund,
a Dackl is s, a kloana.
Mia meng man vo da erstn Stund
und er, aa unsaroana.

Geh i moi fuat, so mecht a mit,
dann steht a do, schaut mi groß aa,
in seine Aung, a oanzge Bitt,
geh, loß mi dennat do net do.

Kimm i dann hoam, is des a Freid,
er woaß se schia net zum Dadoa
singt und schwanzlt, wia net gscheit
ma moant, er war Wochan alloa.

Do iawad moi, hob i des Gfui,
da Mensch kinnat lerna vom Hund.
Bringts d Liab und d Trei do mehr ins Spui,
wia schee s auf da Wejt do sei kunnt.

Da Bio – Baua

I hob aa koa Strou im Kopf,
ogschnien werd da oide Zopf,

mei Entschluß steht wia a Maua,
i werd aa, a Bio – Baua.

Netamoi mim kloana Finga,
rühr i n a, den künstling Dünga,

bloß Mist und Odl aus da Gruam
kriang meine Erdäpfe und Ruam,

Rogga und Woaz, san garantiert
Bio – Dynamisch, orientiert,

de Kuahmilli is ohne Blei
und da Salat, cadmiumfrei.

San ma ja eh scho glei am Hund
drum hoaßts wos doa, für unsan Gsund.

De andan san do aa net schlaua
ois i – moat a, da Huababaua.

Bevor s no olle mitkriagt ham,
ziagt se da hint, a Wedda zamm,

Stockfinsta werd a iazt da Tag,
nach Donner, Blitz und Haglschlag,

giaßt schee schtaad, da Reng, da saua,
s Bio – Fejd, vom Huababaua.

D Krameren

Bei da oidn Krameren
bist hoit no Kundschaft gwen,
s war no a Freid.

Grüaß Good, Frau Nachbarin
lochts mi a freindling Min,
wos kriang ma heit?

Hät a guats Buddaschmoiz,
Oa, ganz frisch, net oa oids
Limburgakaas.

Povesn, frisch bocha,
da Mang kunnt da locha,
na songs wia waas?.

Behmschua und Soizhaaring,
Guatl mit Fingaring,
ollas hots do

und bist am Monatsend
aa scho a weng obrennt,
dann schreibts da o.

Hot a guats Wort für di,
übern Tisch her und hi,
geht a Dischkuas.

Do des is oiß vorbei,
gibts nimma, d Kramerei
s kimmt so wias muaß.

Sie hot hoit zweng aufgmuckt
drum hots da Großmarkt gschluckt.
Wos ham iazt mia?

Müaß ma mi m Waagl geh,
dann beim Zahln schlanga steh –
neamand dankt dia.

Oid – Boarisch

In am Lavor hat ma se gwaschn,
a Riedakil, des war a Taschn,

Am Herrn sei Huat, a Schapoklack
und Gusta hot ma gsagt für Gschmack.

A Roaskufal, des war d Bagaasch
und s Schnürlaibe is a Korsaasch.

De Züg san abgfahrn vom Peron
und d Wanzn dromghockt am Plavon.

A saubas Madl is adrett,
Plümoo hast gsagt für Oberbett.

A Kind is drin gleng in ra Schääsn,
mi m Lorgnon hams Zeitung glesn.

Da Herr hat d Uhr trang im Schilääh,
sei Suibagejd im Portmonääh.

S Billet hat zwickt da Konduktör,
a netter Herr war a Schamör,

und gar da Lois hat unscheniert
am Tanzbodn sei Res pussiert.

Zum Parasoi sagt ma heit Schirm,
bist tüchtig gwen, ja dann warst firm,

Da Metzga war da Schakutjee
und gnopfezt hams am Kanapeeh,

a groß s Malär, des war a Gfrett
und s Bleamesträußl a Bukett.

De kloana Kinda ham lang bockt
hot mas aufs Potschamperl ghockt.

I kunnt no schreim, in oana Tua
denn Ausdrück gabs ja no grad gnua.

Rindfleisch in Soß, hoaßt Büfflamott
a Damenhüatl wars Chapott.

Französisch is nimma modern,
denn iazt mecht ma bloß Englisch hern.

Drum gehts valorn, so nach und nach,
de scheene, oid – boarische Sprach.

Mißverständnis

*Hundl und Frau gehn mitanand
im Nebe, drunt am Donaustrand.*

*Da Hund duat gern mi m Fraule laufa
und bei Gelegenheit aa raufa*

*und davor hat sei Fraule Angst,
sie denkt si jedesmoi »mia gaangst,*

*kaam so aa Rauferei in Gang,
mia werds da oiwei hoaß und bang.«*

*So hängts ihren Gedanken nach –
auf oamoi aber is s hellwach,*

*in dem Moment siagts vo da Weitn,
Dame mit Hund, entgegenschreiten,*

*und moant, da kann i nimma weg,
bleib gscheida steh da, auf dem Fleck,*

*kann mi do mitm Hund net tarnen,
muaß de Dame aber warnen:*

*»I möcht sie wirkle net bedränga,
deans bittschön, eahnan Hund anhänga.*

*I woaß net, wia da eahna is,
da meine aber rauft ganz gwiß.«*

*Dann is a Ruah – für an Moment,
im Nebe kimmt dann d Stimm vo drent.*

Die Dame duat ihr nämlich kund:
»mei liabe Frau, i hab koan Hund

sie machen mi ja ganz vawiat,
des is mei Maa, der vor mia kniat,

sie oba seng na grad vo hintn,
wia er vom Schuah duat s Bandl bindn.«

Nach der Wahl

Kimmst weida nauf nach Norden,
kannst as oft deitle hern,
ob mia denn drunt in Passau
aa no zu Bayern ghern.

Aa mia kemman iazt Zweifen
und s duat mi aa scheniern,
denn z Minga duat ma Passau
oft deitle ignoriern.

Beim Fernsehn kanns da stinka
schaust s boarisch Wedda aa,
uns hot ma scheints vageßn,
mia san gar nimma da.

Bloß bei da Wahl is s wichte,
daß uns Passaua ham,
da wähln ma eahna richte,
da bringans Stimmen zamm.

Brazlt

Brazlt hams mi hint und vorn
der Satz kimmt oam öfta z Ohrn.

Jedsmoi wann i sowas her
denk i mia, auf Treu und Ehr,

daß mia passiert – naa des liegt fern
denn dagegn wissat i mi z wehrn.

Do wias scho oft gwen is im Lebn,
sollst da wahrhafte nix vagebn,

erst amoi oiß überdenka,
aa net glei Vertrauen schenka,

denn neile bin i hint und vorn,
es kinnts mas glaubn – gscheit brazlt worn.

Da Gockl

Vor a paar Monat is s scho gwesn,
da hab i in da Zeitung glesn,
daß irgendwer am Rand der Stadt
sich über an Gockl aufgregt hat.
Man sagt, er kraht und des net wia
und zwar so zeitig in da Friah,
daß olle Leit im Schlaf gstört san,
so daat des Gocklviech scho krahn.

Dem mecht i sagn; »kimm her in d Stadt
was de an Krach oiß z bietn hat.
Da wohnt bei uns a steiler Zahn,
der duat aa gern Motorradfahn,
da kemmans wia zum Honig d Bienen,
de tollen Hecht, auf de Maschinen –
und wenn dann 8 Motorradarten
mitanand zum Aufbruch starten. . .

da denk i mia, waars do so staad,
daß aa vorm Haus a Gockl kraht.«

Da Backstoakaas

Auf da Kramrin ihra Budl,
bei Pavesn, Krapfan, Nudl
liegt ejpackt in Stanjoipapierl,
da Backstoakaas, hinta am Türl.

Und in dem Buid voll Harmonie,
stinkt a schee hoamle vor si hi.
Hi und da schaut Kramrin naa,
obs na net boi aaschnei kaa.

Er muaß no lieng, hot no an Stern
und soi no a weng reifa wern.
Er liegt da, s is eahm sauwoj
in seim Gwand aus Stanioj.

In seim Sturz werds oiwei wärma,
d Fliang dean aa scho füa eahm schwärma
und hockan draußd am Glasl dra,
bloß guat, daß koana eine kaa.

Da Backstoakaas, dea duat iazt reifa,
geht ausanand, mit a ram Eifa,
an Weg er durchs Papierl findt
und auf n Tella wiedarinnt.

Da Maura – Sepp, duat Brotzeit hoin
er schat se um, gar net vastoin,
siagt an Backstoakaas am Tella
und sei Blick, werd oiwei hella.

Im Geist er scho an Kaas vadruckt,
mit Bia und Bretzn – obeschluckt.
Des Buidl backt eahm wia a Fieba,
und er schreit üba d Budl drüba,:

»A hoibats Pfund waar mia fast z weng,
drum dua man du fei recht guat weng,
denn s gscheida is s, wann i eahm haa
bevor a dia laaft ganz davaa.«

Freit se, daß a unvadroßn,
hot se zu dem Kauf entschloßn.
D Kramerin, de bringt eahm s Bia
und packt an Kaas ej ins Papier.

Und nach am hoibn Stünderl scho,
is vo seim Kaas, garnix mehr do.

Gar manches Deandl, sich so fuit
ois waars grod in Stanjoi einghuit,
duat recht gschmerzt und is so raß,
grod ois wia a Backstoakaas.

Drum Deandl schau, daß net so geht,
gaangs da aaso, des waar fei bled,
an am Backstoakaas wurst gmessn,
und wia er so schnea vagessn.

Da Gwandkauf

I hab moi wieda Kleidersorgn,
drum sog i mia, da gehst glei morgn

in des nächste Modehaus
und suachst da dort was passends aus.

I schau mi um, ob i was findt,
schau s oana aa, hängs eine gschwind

und hab i endle dann was gfundn,
sagt mia d Vakäufrin unumwundn,

sie hätt den Eindruck, s paßt ma net
und, daß ma aa zum Gsicht net steht.

Sie kimmt mit oam, des mia net gfoit
sie oba sagt, sie moanat hoit,

de Machart, d Farb und des net nua,
passat ganz guat auf mei Figua

und zupft mi hint und vorn am Rock,
an Krang und Ärme bis i sog:

»schauns mi do aa, es is a Graus,
a Voglscheuch schaut scheena aus«.

Da oba kimm i ihr grad recht,
fragt fast beleidigt – wos i mecht

und sagt ma oa ums andamoj,
»naa – ausschaun deans, wia vom Schurnaj«.

Sie müassn eahna bloß guat hoitn,
dann wirft da Rock nirgends a Foitn,

deans aa schee grad und aufrecht geh,
dann schiabts aa d Jackn net in d Heh –

d Läng moan i paßt – do kaufans nua
eahna glei no a paar Schuah,

mit hohe Absätz – des waar schee,
sie lernans scho no, damit s Geh,

hams no an Wunsch? gej sangs es no
denn mia san ja füa d Kundschaft do.

Sans zfrien mit dem wos ejkauft ham?«
und dabei packts mas s Packl zamm.

Daß i zfrien bin, – is net ganz gwiß
ja, wenn nua d Ladnerin zfriedn is.

Da Neid

Aoids Sprichwort sagt vom Neid,
daß a zammfrißt Viech und Leit.

Und wann i mi recht drauf bsinn,
liegt a Funkn Wahrheit drinn.

Host z. B. du a Haus
und kimmst guat mim Nachbarn aus

glei kaam oana mit seim Neid
und naahm dia de ganze Freid.

Host a Arbat, a braavs Wei,
stellt se da Erfolg dann ei,

kriagst ois Draufgab, ja grad gnua
de das Neidn no dazua.

Neidn deans da d Luft de s d'schnaufst
a jeds Trumm, des da du kaufst,

an jedn Sunnstrahl der di trifft,
rundum spritzt da Neid sei Gift.

I kenn oan, dea is vom Zorn,
Haß und Neid schia bladdad worn.

Erkenntnis

*A weng treibnlassn,
auf nix herpassn,*

*bloß in Tag ejlebn,
auf nix obachtgebn,*

*a kloans Luftschloß baun,
auf d Uhr gar nia schaun,*

*net arbatn geh,
mei, waar des schee,*

*grad doa was oam freit
und des net bloß heit.*

*Ja, traam du nua zua,
davo hättst schnea gnua,*

*s waar ohnehin,
a Lebn ohne Sinn.*

Steckbrief

A *n Meta – achzg lang,*
knialoanada Gang,
zaudürr – nimma schee
Mannequin.

Neue Gedanken

Ebba mags mi

I kanns net vergessn
und bin ganz versessn
aufs Lisei, vom Kreizbauern drennt.

Ja sakkra, des Madl
hot zwoa stramme Wadl
a Gsichtl! – und Hoiz bei da Wänd.

Speans mit Klarinettn
mit Ziach und Trompetn
am Kiata uns frisch auf zum Tanz –

daat i mit iah higeh
mit iah eppa zammsteh
i heirats und scho gherts ma ganz.

Kirchweih

Kirchweih is heit, d Glockn läutn
und da Himme lacht weißblau.
D Sunn scheint schee in d Kiacha eine,
und goldn glanzt Unsa Liaba Frau.

D Orgl werklt scho am Chor drom,
wia da Pfarra einakimmt.
D Leit, de kinnans kaam dawartn,
daß a »Großer Gott« aastimmt.

D Meß is aus, oiß druckt iazt ausse,
da is a Standlmarkt aufbaut,
Lebzeltherzn, Liebesperlen
gibts fürs Deandl und für d Braut.

Kiatakrapfan, Kiatanudln,
oiß gibts heut beim Wirt »Zum Bräu«,
Kiataantn, Gäns resch bratn –
jedm glanzt vor Fettn s Mäu.

Erscht auf d Nacht, im Saal vom Bräuwirt
da werd aufgspuit heit und tanzt,
Woiza, Landla, Polka, Zwiefach,
s Gsicht vom Schwitz und Freid eah glanzt.

Schee is des, am Land de Junga
hoitn allaweil no zamm,
und scho manch oa san a Paar worn,
de se beim Kiata gfundn ham.

Aufklärung

*Da Maxl kimmt zua Muadda grennt,
is aufgregt, wia man garnet kennt,*

*schreit: »Muadda, du, iazt derfst net locha,
heiratn mecht i in vier Wocha.«*

*Do d Muadda moant: »Naa so was Neis
des is do völlig aus da Weis,*

*bist no a Bua und no so kloa,
kannst da net heafa so alloa,*

*aa mecht i frang, wer soll's denn sej
de s d macha mechatst zu dem Wej?«*

*»Mei Muadda, i habs oft scho gnennt,
s Maral is, vom Huaba drennt.«*

*Geh Bua, wia soll denn des dann wern,
wenn enk erscht aa no Kinda ghern?«*

*»Mei Muadda, dua de da net kränka,
des is ja alles zumm Ejrenka,*

*mia lassn s gar net so weit kemma,
boi s Maral Oa legt – de datren ma.«*

Föhn

Kimmt da Wind von Süden auf
hafte, daß i s kaam daschnauf
wiabet d Wolkn vor eahm her,
d Baam ham fast koa Bladdl mehr –
Föhn.

Mei Kopf brummt wia a Bienenstock,
schreit mi wer aa, kriag i an Schock,
d Haar kranzln se oanzeln ej,
koana schaut recht freindle drej –
Föhn.

Müad bi i, i kunnt grad schloffa
und i kann iazt grad no hoffa,
daß se s Wedda dann schee staad,
endle oamoi wieda draht –
Föhn.

Jeds moi denk i mia »o mej,
muaß denn des iazt grod so sej,
daß man grod mia Bayern spürn,
kunnt man de Preißn exportiern
den vaflixtn Föhn.

S letzte Paradies

Wann d Almbödn blüahn
is de allerschönst Zeit,
Koiröserl, Petersgschtamm,
zum Herbst is no weit.

Steht s Viech vor da Hüttn,
springt a Gams flink durchs Kar,
vorm Bau hockt a Mankei
und pfeift, merkts a Gfahr.

De Häng rot vom Almrausch,
enzianblau danebn d Wies.
Herrgott, i daat bittn,
schütz des letzt Paradies.

Barbarazweigl

Barbara – denk heit dro
schneid etla Astl oo
vom Kerschbaam vorm Haus,
de scheenan suach aus.

Nimm de mit Knöpferl dro
Weihnachtn kinnans scho
voll steh in Blüah,
am Kindl zua Zia.

Zerscht muaßt as recht guat pfleng,
so wia s es hoit gern meng,
net z warm und net z koid,
so mittndrinn hoit.

De ganze Weihnachtszeit
blüahns dir und mir zua Freid
und möchtn dir sang,
du sollst net vazang,

erstarrt alles aa im Frost,
d Blüah de gebn uns an Trost,
denn alljahr werds Lebn
aufs neu wieda gebn.

Da Summa is umma

Da Summa is umma,
foin d Bladdl vom Baam,
da Summa is umma,
s war nedda a Draam.

Blost koid scho da Herbstwind
üba d Stobben und d Stoa,
in da Fruah liegt a Reiferl
auf Wiesn und Roa.

Pfüat Good, Herbst und Summa,
enka Zeit is iazt aus –
scho boid pfeift da Schneewind
um an Stadl und s Haus.

Übers Dichtn

Bin lang gsessn, hab spekuliert,
was zamgschriebn, wieder ausraddiert,
es wollt mia einfach net gelinga,
was Vernünftigs fertigzbringa.

Es soll was sei, mit anam Sinn
und a paar nette Pointn drinn,
kurz ebbs, des se aa guat aahört
wia sa se für a Versl ghört.

Und wia i sitz, mia foit nix ej,
da mecht a Zwetschgnbaam i sej,
mi rüttln lassn bis an d Wurzln,
daß d Versl grad wia Zwetschgn purzln,

klaubats ins Körbl, daats sortiern
und jedes oanzeln numeriern,
scho glei darauf, da is soweit,
da hast an Reim auf Freud und Leid,

aufs Fruajahr und an scheena Summa
bist schaust, san Herbst und Winta umma.
De Versl fliang ma grad so zua,
san in meim Körbl no grad gnua.

Und net nua greimts, i hab aa Gschichtn,
ja grad a Freid is s heit mi m Dichtn –
Da gibts an Ruck mia auf da Bänk –
gnopfazt hab i grad a weng –

schau auf mei Bladdl, s is nix drauf
drum hör i für heit liaba auf.
Net oiwei duat oam hoit oiß glinga,
aa s Dichtn kann ma net dazwinga.

Inhaltsverzeichnis